ORIGINES

DE LA

POÉSIE LYRIQUE

EN FRANCE

AU SEIZIÈME SIÈCLE

EMMANUEL DES ESSARTS

ORIGINES

DE LA

POÉSIE LYRIQUE

EN FRANCE

AU SEIZIÈME SIÈCLE

DISCOURS D'OUVERTURE

Prononcé à la Faculté des Lettres de Dijon

(COURS DE LITTÉRATURE FRANÇAISE)

DIJON

IMPRIMERIE ET LITHOGRAPHIE DE F. CARRÉ

rue Amiral-Roussin, 40

1872

DISCOURS D'OUVERTURE

PRONONCÉ A LA FACULTÉ DES LETTRES DE DIJON

(Cours de Littérature française)

———

I

Il est de mode pour le moment en Europe et même, hélas ! dans notre propre pays, de taxer les Français de confiance excessive et de présomption immodérée. Je n'ai pas à chercher si ce reproche est en quelque façon mérité; mais, pour ce qui concerne l'objet de nos entretiens, nul grief ne me paraît moins légitime. En fait de littérature, les Français me semblent au contraire donner dans l'abus opposé, répudier leur passé trop facilement et se résigner avec un excès de complaisance à la prétendue supériorité des étrangers. Nous faisons aisément litière de nos gloires, bon marché de nos traditions. Peuple changeant et mobile que nous sommes, après avoir tout dénié jadis à nos voisins, nous leur accordons tout aujourd'hui. Après n'avoir pas daigné concéder l'égalité aux littératures modernes, nous leur livrons la suprématie qui nous appartient et que jamais nous n'aurions dû cesser de maintenir. Vraiment notre patriotisme a subi des défaillances dont notre goût n'est pas exempt. Mais le devoir des hommes d'étude est de protester contre cette décadence d'un sentiment vital entre tous,

de cette passion pour la patrie qui ne se borne pas à la tu-
telle du sol natal, mais qui doit comprendre l'amour intelligent, l'orgueil raisonné de ces chefs-d'œuvre qui d'âge en
âge ont transmis l'âme de la France.

Certes je ne veux pas vous ramener à l'époque où la critique du premier empire, méconnaissant toutes les gloires
étrangères, les immolait systématiquement à la nôtre.
Après Mme de Staël, M. Villemain et toute la critique con-
temporaine, nous devons saluer avec une admiration fra-
ternelle les grandes œuvres de l'Angleterre, de l'Allemagne,
de l'Espagne et de l'Italie. " Je suis citoyen du monde „,
disait Marc-Aurèle. Nous l'entendons ainsi pour les littératures de tout pays et n'hésitons pas à nous déclarer cosmo-
polite, mais à une condition, c'est que nous ne cessions pas
d'être patriote, quand le patriotisme s'accorde avec le bon
droit et l'équité. C'est à ce titre que nous n'hésitons pas à
rétablir au premier rang dans les temps modernes la littérature française, sans pareille dans la prose, inférieure à
nulle autre dans la poésie. Si la puissance épique nous a
été refusée, notre théâtre ne souffre guère de comparai-
son : Shakespeare le tient en balance, mais l'Angleterre
ne présente qu'un Shakespeare ; chez nous quatre ou cinq
poètes dramatiques ont atteint à un degré de perfection que
ni les Espagnols, ni les Allemands n'ont soupçonné. Ce que
vaut ce théâtre rajeuni de siècle en siècle et qui d'hier seulement commence à décliner, quoique de Londres à Berlin
tous les peuples ne vivent que sur des emprunts à la scène
française, mon prédécesseur immédiat (1) vous l'a dit avec
la bonne grâce du talent et l'autorité de l'expérience. J'es-

(1) M. Tivier, actuellement professeur de littérature française à
la Faculté des Lettres de Besançon.

saierai de continuer son œuvre en me transportant sur un autre terrain.

Le théâtre français trouve à mon compte assez de tenants résolus; mais ce que l'on abandonne trop aisément, c'est notre poésie lyrique qu'il est de bon ton de sacrifier à l'Angleterre ou à l'Allemagne. A entendre nombre de gens, la France devrait se contenter d'un génie d'analyse et de raisonnement propre aux genres oratoires, didactiques, dramatiques; mais le génie lyrique lui ferait défaut comme si l'enthousiasme et l'imagination qui composent ce génie lyrique étaient interdits à l'esprit français. J'ose prétendre au contraire que l'imagination et l'enthousiasme ne sont nulle part plus abondants que chez le peuple qui a toujours rêvé, toujours conçu, toujours agi, non pas pour lui-même, mais pour le monde; chez le peuple qui a fait de ses vieilles guerres des épopées universelles et des odes merveilleuses; chez le peuple des Croisades, des luttes contre la maison d'Autriche et de la Révolution. Eh quoi ! le seul peuple qui ait été dans son histoire un poète toujours en travail serait déshérité du don suprême de la poésie ? Qu'auraient donc les étrangers de plus que nous ? Reconnaissons-leur de grands poètes lyriques; nous en avons également et qui ne doivent pas s'avouer surpassés. De grandes écoles, nous en avons eu autour de Ronsard, autour de Malherbe et dans le cours du siècle présent. Notre poésie a subi des interruptions et des lacunes; mais pareil épuisement ne s'est-il pas produit en Angleterre, en Allemagne, en Espagne, en Italie durant plusieurs générations ? Notre poésie lyrique a sommeillé, dit-on. Mais aux grandes époques comme elle a été vivante, et quel réveil à la fin du XVIIIᵉ siècle, le réveil de la Belle au bois dormant du conte, délivrée par André Chénier et rouvrant ses yeux de princesse dans tous les enchantements d'une aurore ionienne et toutes les féeries d'un printemps syracusain.

Je viens donc, preuves en main, restaurer la vérité sur un point d'histoire littéraire, en soutenant que le génie français par ses dons d'enthousiasme et d'imagination ne le cède à aucun autre peuple; je viens, en proclamant nos poètes égaux à tous les lyriques étrangers, faire acte de justice et de piété nationale, heureux si dans cette chaire que me rendent redoutable les succès de mes devanciers et les récents et si brillants souvenirs de M. Aubertin, je me sens encouragé par la bienveillance d'un public renommé pour sa compétence dans les choses de l'esprit et sa promptitude à vibrer pour toute idée généreuse, pour tout sentiment patriotique !

II

Avant de dérouler l'histoire de la poésie lyrique en France, il est indispensable de se replacer dans le milieu historique où cette poésie a pris naissance. C'est faute d'avoir fait ce retour en arrière que tant de critiques, même distingués, n'ont rien compris à notre école du XVIᵉ siècle. Ses détracteurs ont affecté de la dénoncer comme une surprise, un accident singulier, artificielle improvisation de quelques échappés de collége. Nulle poésie au contraire n'est venue plus à son heure, mieux préparée par les efforts des âges précédents, mieux annoncée par une impulsion générale des esprits qui n'était pas française, mais européenne. Notre poésie lyrique, née au XVIᵉ siècle, est la fille de la Renaissance. Surgissant après la poésie italienne, elle précède les écoles analogues de l'Angleterre et de l'Espagne ; si bien qu'à cette date en Europe on a vu pour

la première fois une entente universelle entre les poètes des
grandes nations, spectacle qui ne s'est pas reproduit aux
XVII° et XVIII° siècles. Alors seulement on put voir Tor-
quato Tasso venant apporter à Ronsard les hommages de
l'Italie et Spenser dans le château de son frère d'armes
Sidney invoquant la gloire de notre Joachim du Bellay et
s'en faisant le héraut devant l'Angleterre. D'où provient
cette parenté entre les poètes de cette époque ? D'un de
ces grands mouvements d'idées qui n'entraînent pas seulement un peuple, mais tous les peuples comme à la ronde
dans l'enlacement d'un chœur unanime. Ce mouvement
irrésistible, prodigieux s'est appelé la Renaissance. C'est la
Renaissance qui a créé notre poésie lyrique et qui a dé-
terminé les caractères qu'elle n'a jamais perdus, amour du
grandiose, sentiment vif et précis de la description, attache
à la réalité même dans les conceptions les plus idéales,
goût naturel des réminiscences mythologiques. Pour bien
comprendre donc notre XVI° siècle, il faut se remettre
devant les yeux le tableau magnifique de la Renaissance.

Jamais nom plus heureux n'a exprimé un ensemble de
faits et d'idées. L'esprit humain, après l'affaissement des
invasions, avait senti comme une somnolence fébrile dont
il ne sortait que pour s'agiter dans les dédales de la scolastique ; à travers ces alternatives de brusques rebondisse-
ments et de chutes pesantes il se débattait douloureuse-
ment. C'est qu'il aspirait à la lumière comme dans cette
caverne prévue par le philosophe hellène et dans laquelle
passent et repassent des ombres fallacieuses. La lumière
enfin se montra. Mais à quel moment ? Il serait difficile de
le préciser. La Renaissance était conçue à l'heure où pour
la première fois devant le groupe des trois Grâces repris à
la terre un artiste sentit le frisson révélateur de la Beau-

té; (1) elle s'annonçait le jour où Dante réclama Virgile
pour guide, pour maître, pour père, et glorifia dans Homère " le roi des chants élevés ",, où Pétrarque, moins fier
de ses sonnets que de son *Africa*, voyageur à la recherche
des ouvrages antiques, fouillait les abbayes, suscitait dans
la même intention des explorateurs dans tous les pays et
s'extasiait à la découverte des épitres de Cicéron ; où Boccace rêvait la causerie attique et le dialogue latin dans
l'horreur de la peste florentine, comme s'il eût voulu oppo-
ser un banquet socratique à une danse macabre et faire de
Pampinée une sœur de Diotime ; Boccace, également pas-
sionné pour les grandeurs archaïques, lorsqu'il introduisait
l'Olympe en ses romans de *Fiametta* et de *Filocopo* pour
rappeler les dieux de leur long exil, et qu'il dévouait son
temps et sa fortune à l'investigation des manuscrits, tantôt
les disputant à la négligence des moines du Mont-Cassin,
tantôt faisant créer pour Léonce Pilate la première chaire
de grec et lui permettant à ses frais de produire la première traduction d'Homère. Ces trois grands Italiens furent
les précurseurs de la Renaissance.

Cependant la Renaissance ne date véritablement que de
l'heure sacrée où non plus quelques hommes excellents,
mais des centaines d'artistes, de poètes, de savants, inspirés
et soutenus par les puissants de la terre, ont sur le sol
nourricier de l'Italie travaillé de tous côtés à une œuvre
commune de rénovation. Alors le genre humain, sur qui
longuement avaient veillé la Tristesse et la Mélancolie, ces
filles du Moyen-Age, comme les pleureuses asiatiques autour du lit où reposait l'Adonis de Syrie, le genre humain,
écartant les tentures funèbres, s'est élancé pour renaître,

---

(1) V. Émile Gebhart, Esquisse d'une histoire de la Renaissance.
(Nancy, 1866).

renaître à la force, à la joie, à la jeunesse. Et de même qu'aux temps de Théocrite le chœur reconnaissant put chanter : " Voici les heures qui ramènent Adonis du fond de l'intarissable Akhéron, les heures amies les plus lentes des déesses, mais aussi les plus désirées; car toujours elles apportent quelque chose aux mortels „ (1).

Ce fut au lendemain de la ruine de Byzance que cette aube éblouissante apparut à l'Italie, dans la seconde partie du XVe siècle qui nous mène au XVIe et partant à la Renaissance française. Avec les Grecs fugitifs Florence accueillit les suprêmes dépositaires des traditions de Phidias et de Sophocle. Un homme intelligent et curieux, plus semblable à un dominateur des anciennes cités qu'à un usurpateur vulgaire, Cosme de Médicis, fit débarquer la science et l'art abordant avec les vaisseaux chargés de manuscrits, reliques du génie. Ainsi la Renaissance éclate sur tous les points de l'Italie. La papauté accueillit avec sympathie ce que Fénelon appela plus tard " la résurrection des arts et des lettres „. Elle fit trève aux inquiétudes religieuses. C'est que des lettrés étaient montés sur le trône pontifical, Thomas de Sarzane, puis Œneas Silvius, sous les noms de Nicolas V et de Pie II ; leur abondance de doctrine les rendit favorables à ce réveil de l'antiquité. Partout les Grecs étaient reçus comme des bienfaiteurs ; à Milan, à Naples sous Alphonse Ier, à Ferrare, à Mantoue, à Carrare, à Rimini, les princes donnaient rendez-vous aux lettrés et il y avait des cours de beau langage et de belle dialectique, comme il y avait eu des cours d'amour. Sauf quelques moines attardés, parmi lesquels il faut par malheur compter Savonarole, tous applaudissaient à cette évocation

(1) Idylle XV.

de la Grèce. Après Cosme de Médicis, qui fonda l'Académie platonicienne, après Pierre de Médicis qui avait continué cette œuvre avec une incroyable diligence, Laurent de Médicis porte plus loin l'enthousiasme des arts. Il accroît la bibliothèque paternelle, ouvre des musées, sème Florence de magnificences, rassemble un peuple d'artistes, parmi lesquels il devine Michel-Ange. A vingt et un ans il avait renouvelé la fête de Platon, interrompue depuis la mort de Porphyre. Lui-même poète et poète exquis dans son poème de l'*Altercation* adressait une prière au dieu de Platon, comme s'il eût été l'hiérophante d'un culte délaissé. Il groupait autour de lui poètes et philosophes, tantôt dans un lieu solitaire, sous les platanes ou dans ses jardins de l'Arno qu'il avait chantés (poème de l'Ambra). Dans ses villas de Careggi, de Fiésole, il conviait aux festins, puis aux luttes alternées d'érudition et de poésie un Ange Politien, un Pogge, un Pulci, Landino, son savant précepteur, Marsile Ficin, l'interprète de Platon, Pic de la Mirandole, chevalier errant de la science. Et tous s'enchantaient d'une discussion subtile ou des jeux de la comédie créée à nouveau, sous ces beaux ombrages où semblait présider l'Aphrodite des jardins, ayant à leurs pieds Florence avec son vieux palais, souvenir des anciens âges, son palais Pitti, ses églises del Carmine, de Santa Maria Novella, de Santa Croce, du San-Spirito, sa cathédrale enfin que surmontait le dôme de Brunelleschi. Et tous ces convives du premier citoyen de Florence s'enivraient de cette éloquence, de cette poésie, de cette métaphysique, de ces spectacles et de ce site, entre les statues exhumées, les bustes découverts, sous les brises du soir et parmi les fleurs exotiques ravies par le maître au fabuleux Orient.

En même temps l'imprimerie était découverte et le livre naissait, le livre qui, selon l'expression d'un éminent his-.

torien (1), " rétablit et continue le dialogue des siècles entre eux „. Courez à travers le monde, livres furtifs, agiles, ailés : " Vous vous appelez légion et vous êtes l'armée de la Renaissance ! „

Laurent de Médicis ne mourut pas tout entier ; sa féconde pensée fut reprise dans toute sa plénitude par un de ses fils, Jean de Médicis, promu au pontificat sous le nom de Léon X. Ce jeune cardinal avait eu des maîtres tels que Politien et le grec Chalcondyle. Protecteur précoce des lettres et des arts, il les appela dans le cortége de son couronnement. Son premier acte fut de relever l'Université romaine détruite par un pape jaloux (Paul II), d'ouvrir sa propre demeure à l'Académie naguère dispersée, d'instituer sous ses yeux une imprimerie pour la langue hellénique. Il récompense avec éclat celui qui retrouve les premiers livres des *Annales ;* il fait une fête publique de la découverte du Laocoon qu'il ordonne de promener avec pompe dans les rues de Rome, solennité célébrée par l'un des protégés du pape, l'humaniste Sadolet. Ce même pontife qui avait pour secrétaires le poète Bibbiena et le cicéronien Bembo, Sannazar pour obligé, Pomponace pour pensionnaire, Vida pour client, pour correspondant Erasme, le jour où, à travers ces fouilles qu'il dirigeait dans le Campo-Vaccino ou parmi les vignes suburbaines on déterre la statue de Lucrèce, quitte la pourpre et, le front ceint de lauriers, prélude à l'improvisation. Saint enthousiasme que les poètes approuveront, digne de cette Rome renaissante où Clément VII mourra en tenant de ses mains affaiblies des médailles de Benvenuto Cellini. Comme Raphaël a bien compris le vœu de ces initiateurs du XVᵉ et du XVIᵉ siècles en concevant comme en exécutant son *école d'A-*

---

(1) Ch. Lenient, *Satire en France.*

thènes ! Là de même que dans ses autres œuvres il a marié le génie antique avec un christianisme plein de tolérance et de largeur. Telle fut la pensée de Léon X, qui mériterait une place dans cette apothéose, dernier archonte d'une Athènes rajeunie, Périclès de la papauté.

Qu'était-ce donc que cette Renaissance, couronnée par les mains de Laurent de Médicis et de Léon X, pour dominer ainsi l'Italie et bientôt conquérir l'Europe ? Ce n'était pas seulement le retour à l'antiquité, c'était le retour à la nature et à la vie, c'était la rupture avec le Moyen-Age dont l'Italie avait donné le signal, l'affranchissement! Assez longtemps la nature et la vie avaient été reniées par le Moyen-Age, sacrifiées à la poésie chimérique, à la peinture émaciée, à la sculpture raidie, à la fausse érudition surchargée de mots et vide d'idées, à la philosophie factice perdue dans le néant des arguties. L'élite des hommes, révoltée par un instinct du juste et par une intuition du beau, vit soudain se dresser avec l'image de l'antiquité la pure poésie puisant son idéal dans le réel, la peinture aux lignes précises, aux radieuses couleurs, la sculpture aux contours assouplis, l'érudition enorgueillie de la Grèce et de Rome enfin possédées, la véritable philosophie disputée à un Aristote imaginaire par un Platon authentique. Les hommes furent comme saisis par un souffle de jeunesse, comme frappés après une nuit prolongée par l'air frais et vivifiant du matin. Leurs regards dessillés reconnurent ce que le Moyen-Age leur avait obstinément dérobé. Cet accord du beau et du vrai, interrompu par la barbarie, allait recommencer comme aux jours antiques ; l'art et la raison se réconciliaient aux applaudissements des races et de leur pacte en Italie d'abord, puis dans toute l'Europe devaient dériver les chefs-d'œuvre qui font du XVIᵉ siècle une troisième antiquité pour le monde ; car notre grand XVIIᵉ siècle n'a été

classique définitivement que pour la France. Plus heureux,
le XVIᵉ siècle connut ce mouvement d'esprits européen,
dans lequel artistes et savants accomplirent ce que le XIXᵉ
siècle n'a pu encore réaliser, une communion humaine dans
la même pensée de civilisation, une sainte alliance de tous
les inventeurs, la république universelle des arts et des
lettres.

III

Quand l'Italie eut donné cette fête au monde, avant l'Angleterre, qui devait déployer sa ferveur pour l'antiquité, la
France entra la seconde dans le stade où vous mesurerez
avec moi sa course. Pourquoi a-t-elle tant tardé à s'y en-
gager ? C'est que les Français, plus éloignés de la tradition
grecque et latine que les Italiens, avaient depuis le XIVᵉ
siècle suivi une fausse voie où la notion de la poésie s'était
perdue. Je ne parle pas de l'art, qui n'existait point.

Avant le *Roman de la Rose*, ce recueil de froides allégo-
ries, la France, à défaut d'un art encore introuvable, avait
eu du moins un âge de forte et rude poésie. Je ne traite ici
que de la France du Nord, d'où notre langue est sortie.
Laissons de côté cette France du Midi qui, vaincue dans
son idiome en même temps que dans son indépendance,
avait devancé Pétrarque (1) par la possession d'une poésie
fertile, neuve, éclatante, digne d'étude et d'admiration, mais
qui n'est malheureusement que la poésie de quelques pro-
vinces et non celle d'un peuple. Pour nous restreindre à la
langue d'oil, il y avait eu dans la France septentrionale,
avant le XIVᵉ siècle, une vigoureuse floraison de poésie.

(1) V Rathery, *Influence de l'Italie sur les lettres françaises;*
Charpentier, *Histoire de la Renaissance.*

Depuis la *Chanson de Roland*, qui bondissait à Hastings
devant les Franco-Normands menés par elle à la victoire,
jusqu'au *Raoul de Cambrai*, si bien illustré par M. Sainte-
Beuve pour ses beautés pathétiques, depuis le poème des
Lohérains jusqu'au *Girard de Viane*, nos chansons de geste
étaient, par la fierté des sentiments et la candeur de la
pensée, sinon de l'épopée, comme le dit M. Vitet, au moins
de nobles essais d'épopée qui s'imposèrent à l'Europe
comme plus tard nos chefs-d'œuvre du XVII° siècle. Presque en même temps jaillit la chanson satirique, amoureuse,
badine, la chanson d'Audefroy, de Quesne de Béthune, du
châtelain de Couey. L'imagination reparut aussi dans les
romans d'aventure, dits romans de la table-ronde, d'où se
détachent les figures bien éprises de Tristan et d'Yseult, de
Lancelot et de Genièvre, et ces types mystérieux d'Artus
et de Perceval le Gallois, poursuivant du Saint-Graal. Au
XIII° siècle donc par toutes ces œuvres la France rè-
gne sur l'Europe, l'Italie, l'Allemagne. Les Scandinaves
eux-mêmes imitent et traduisent à l'envi nos longs poèmes
et nos romans d'aventure. Chez nous la chanson éveille
mille esprits; elle met en lutte princes et ménestrels, Thi-
baut de Champagne et Colin Muset, Charles d'Anjou aussi
bien qu'Adam de la Halle.

C'est alors que le roman de Renart se conçoit et s'éla-
bore. Les fabliaux poussent à foison. Mais au XIV° siècle
tout décroît, influence sur l'Europe et faculté poétique. Le
Roman de la Rose, achevé sans doute avant la fin du XIII°
siècle, paraît et prévaut au XIV° et avec lui la scolastique
en vers. C'est de *la rhétorique* comme on dira jusqu'à l'a-
vénement de Ronsard; ce n'est plus de la poésie. Les
premiers du reste, Ronsard et ses amis, reprendront le
titre de poésie, parce que seuls ils seront des poètes,
après deux siècles où les rimeurs auront pullulé. Plats ou

pédants, ces rimeurs se multiplient et se pressent, sauf à deux intervalles où résonnent des voix de poètes, le gracieux soupir de Charles d'Orléans et le " rire en pleurs „ de Villon qui dans les tavernes, les prisons, au pied des potences songe aux neiges d'antan, à Jeanne la bonne Lorraine ou à la lointaine vision de l'enfance près d'une mère pieuse et pauvre. Après Villon et Charles d'Orléans, comme l'a dit un des critiques les mieux renseignés sur cette époque (1), la poésie s'épuise en combinaisons mathématiques de vers enchaînés de toute sorte; ce n'est plus qu'un " travail pénible qui ne laisse guère de place à l'inspiration; à côté d'une idée ingénieuse ou spirituelle, d'un vers admirable, d'une pensée forte survient telle niaiserie, telle puérilité qui gâte tout. „ Et ces poètes ainsi jugés régnèrent jusqu'aux premières années du XVIe siècle. Ils avaient joui de la faveur du public et de la protection des grands. Octavien de St-Gelais obtenait la présence de Charles VIII à sa consécration épiscopale; Jehan Molinet devenait le poète lauréat de la maison de Bourgogne; Guillaume Cretin envoyait avec succès à trois princes des épîtres quémandeuses et non-seulement recueillait des dons, mais tant de gloire que Marot le traitait de souverain poète français et qu'un élégant artiste, le graveur Geoffroy Tory, le plaçait au-dessus de Virgile. Que manquait-il à tous ces faiseurs de vers ? la poésie. Qu'avait-il manqué aussi bien à eux qu'à tous ceux qui les avaient précédés ? la connaissance de l'art. L'art ne pouvait naître en France que comme il était né en Italie, par le plein retour à l'antiquité, par l'émulation de la Beauté pure, par la Renaissance !

---

(1) Anatole de Montaiglon, *Les Poètes français*, 1er vol., p. 371; Hachette.

IV

Qu'est-ce donc que l'art ? et comment le sentiment poétique peut-il avoir lui par intervalles quand l'art n'existait
pas encore ? C'est que le sentiment poétique est distinct de
l'art. Comme l'esprit il souffle où il veut. Il peut descendre
dans l'âme de la créature la plus humble, de l'être le plus
obscur, à qui jamais ne viendra la tentation d'écrire un
vers. Il peut animer des hommes qui se disent poètes et
ne le sont qu'à moitié, des hommes qui surprendront des
idées et des images, mais qui demeurent des êtres incom-
plets, inachevés, des commencements de poètes, rien de
plus. Les beautés ne manquent pas dans nos vieilles chansons de geste; mais il faut trop les chercher isolées et dis-
séminées. Les vers spirituels, gracieux, énergiques ne font
pas défaut à nos rimeurs, depuis Jean de Meung jusqu'à
Octavien de Saint-Gelais; mais il faut les quérir parmi trop
de détails prosaïques et puérils. Ces poèmes et ces chansons du Moyen-Age gardent une valeur historique incon-
testable : ils n'offrent à nos yeux qu'un médiocre intérêt
poétique. C'est que l'art demande beaucoup mieux à ses
privilégiés que ce vague instinct de poésie. Il ne se contente
pas du sublime épars ; il lui faut, aussi bien pour le style
que pour les idées, dans les sujets relevés, la grandeur con-
stante, l'élévation ininterrompue, la recherche perpétuelle
de l'élégance; dans les petits sujets la finesse, la grâce, un
goût délicat, une exquise légéreté. C'est qu'il ne se contente pas de détails heureux, de scènes bien trouvées, il lui
faut dans une idylle comme dans un grand poème l'exacte
correspondance des mots, des idées, des parties, la décente
proportion ! Quand il emploie des rhythmes, ces rhythmes
ne sont ni monotones comme au XIIe siècle, ni tour-

mentés comme au XIV° et au XV° ; ils sont, à l'imitation des mètres anciens, logiques dans leurs complications et d'une mélodieuse symétrie (1). Une belle idée, un beau vers ne lui suffit pas comme un papillon aux jeux d'un enfant ; ce sont des séries de beaux vers, des enchaînements de belles idées qui seuls peuvent le satisfaire. En d'autres termes, le sentiment poétique ne fait que de brillantes ébauches; l'art fait des strophes, des pages, des morceaux, des chants, des poèmes, des chefs-d'œuvre. Même à travers un désordre apparent, comme chez Shakespeare, il préserve la grandeur dans la pensée et l'éclat dans le style. Il est l'Harmonie, depuis son apparition dans les rhapsodies homériques et la Théogonie, jusqu'à sa résurrection dans les sonnets de Pétrarque et les strophes de Ronsard ou de Spenser. Salut, immortelle harmonie ! le poète n'est pas l'homme abrupt qui, témoin d'une époque, jette ses impressions avec une aventureuse naïveté, mais l'être réfléchi qui, doué de certitude autant que d'invention, se passionne et s'inspire d'abord, et sait ensuite se posséder et se régir. Impétueux et maître de lui-même, le poète apparaît comme le Dionysos de la Fable sur un char de victoire traîné par les Idées asservies et les Rhythmes domptés !

N'en doutons pas. Le mot de poésie ne saurait s'appliquer qu'à des œuvres parfaites de pensée et de forme. D'après ces principes, il y a eu de la poésie dans le monde au Moyen-Age, mais d'œuvres poétiques conformes aux lois de l'art, il n'en a surgi que dans l'antiquité et que depuis la Renaissance, à tel point que le XVI° siècle et notre XIX° siècle, à qui justice sera rendue, s'honorent d'avoir

(1) Comme le dit si bien M. Taine, avec la Renaissance « les esquisses deviennent des tableaux. » (*Littér. anglaise*, 1ᵉʳ vol., p. 368; Hachette, 1863.)

compté des poètes qui ont mieux dépeint les scènes du Moyen-Age que leurs devanciers des XII° et XIII° siècles, et fixé ce que les premiers avaient laissé flottant et obscur. A qui devons-nous l'idéal de la chevalerie ou le type féodal ? Est-ce aux contemporains des chevaliers ou des seigneurs ? Non ! mais à des hommes de la Renaissance, tels que Spenser, ou de nos jours aux poètes de la *Légende des siècles*, des *Poèmes barbares*, des *Idylles du roi ?*

Qui a mieux restitué la vie du Moyen-Age allemand que dans leurs ballades les Gœthe et les Schiller ? C'est qu'on n'exprime que par la perfection et que, sans la perfection, rien ne vit d'une vie perpétuée. Question de langue à part, tous les vieux poèmes sont illisibles, tandis que les poèmes grecs et latins rayonnent de jeunesse et de verte nouveauté. C'est que l'art y a posé son signe lumineux, le signe d'éternité sans lequel tous les dons créateurs restent à jamais improductifs.

V

Puisque l'art n'existait pas en France, ce fut la Renaissance qui vint le révéler aux Français par le contact de l'Italie et de l'antiquité. Où les Français pouvaient-ils chercher des modèles, sinon comme les Italiens, dans les poésies latines si nettes de contours que l'on dirait de la sculpture, dans les poésies grecques si souples dans leurs ondulations sonores que l'on dirait de la musique, dans ces types de perfection ? Ce fut donc dans les guerres d'Italie, à travers l'enchantement du paysage et l'étonnement de la politesse étrangère que nos aïeux, si frustes encore et si rudes, s'initièrent à cette civilisation retrouvée qui devait leur imposer son ascendant. De merveille en merveille, ils furent frappés

par la plus grande merveille de toutes; l'humanité italienne,
et comprirent qu'il y avait un soleil des intelligences où ils
ne s'étaient pas encore réchauffés. M. Michelet a raison de
le dire *(Renaissance,* p. 60) : " Rien n'était prosaïque en
Italie ; Milan n'était pas médiocre, Rome n'était pas médiocre. „ C'était le monde de la lumière et de la beauté qui
s'ouvrait aux Français ; bien des mystères et des hontes
s'abritaient derrière ces splendeurs, mais comme ces splendeurs étaient éblouissantes ! Quand les Français partirent,
ils en emportèrent le rayonnement. Quelque éphémères
qu'aient été nos succès par les fautes de nos souverains,
l'un ingrat pour Florence (Charles VIII), l'autre (Louis
XII), allié des Borgia et destructeur au profit de l'Empire
de Venise et de Gênes, la vraie conquête qui soit restée à
nos pères, c'est ce ressouvenir d'un monde supérieur et
l'ambition naissante de transporter chez eux les mêmes
prodiges. Charles VIII, surpris d'abord, assez ignorant pour
laisser ses hommes d'armes piller les richesses artistiques
des Médicis, fut insensiblement amené à la pensée de con-
duire en France des savants et des artistes, entre autres
l'helléniste Jean Lascaris. Louis XII céda au même désir;
sur ses pas Jérôme Alexandre vint enseigner à Paris, Paul-
Émile lui servit d'historiographe. François Ier devait faire
plus encore. Italien de sympathie dès son adolescence,
jusque dans le choix de ses divertissements (1), élevé par
des précepteurs transalpins, il ouvrit la France à ces in-
fluences étrangères. Envoyant des dons aux savants et aux
poètes, les conviant à sa cour, leur offrant les pensions, les
abbayes, les évêchés, il naturalisait dans notre pays l'érudition, la traduction aussi, cette initiatrice à l'antiquité.
Fier de protéger l'imprimerie et de favoriser le zèle des

(1) V. Mémoires de Fleuranges.

Estienne, il crée la typographie royale, la Bibliothèque
du Roi dans ce Paris qui, au début du XIV° siècle, ne pos-
sédait que trois manuscrits classiques. Il ordonne et le
collège de France s'élève, modeste encore, mais " bâti en
hommes, „ suivant l'expression d'un contemporain, étayé
dès le principe sur l'enseignement d'un Guillaume Budé,
fortifié bientôt par un Danès. L'érudition française est fon-
dée. Digne de justifier les augures flatteurs de Castiglione
et de Bembo, François Ier, protecteur des poètes tels que
Victor Brodean, Jean Chappuis, Jean Marot, Clément Marot, est lui-même poète à ses heures (1). Vivement épris
des objets d'art, il est le premier roi qui veuille autour de
lui ce luxe qui parle à l'intelligence. Plus de vieux ma-
noirs, mais des constructions sveltes, gracieuses, ornées de
fresques, avec des fontaines jaillissantes, des groupes de
marbre et des statues à tous les pas, Chenonceaux, Cham-
bord, Fontainebleau devenant au dire de Brantôme " un
petit paradis. „ C'est là que Vinci, le Rosso, le Primatice
reçoivent un accueil royal dans ces demeures qu'ils vien-
nent embellir. C'est là que, devant Cellini, François Ier s'é-
crie : " Voilà un homme qui mérite véritablement d'être
aimé. „ Un autre jour il disait au même Benvenuto : " Mon
ami, je ne sais quel est le plus heureux du prince qui trouve
un artiste selon son cœur ou de l'artiste qui rencontre un
prince capable de le comprendre „ (2).

Dans cette excitation que produisent la vue des œuvres
plastiques et les conquêtes de l'érudition, vont naître et

(1) Il payait pour causer pendant ses repas un érudit, Duchâtel,
qui de simple correcteur d'épreuves était arrivé par son savoir au
rang de grand-aumônier de France.

(2) Voir la belle étude de M. Paul de Saint-Victor sur *Benvenuto,
hommes et dieux*, p. 172 et sqq.

s'élancer les poètes nouveaux qui, sous Henri II, viendront inaugurer dans la poésie française ce que l'on doit appeler l'art, poètes créateurs, sans devanciers au Moyen-Age, mais non sans précurseurs à la fin du XVᵉ siècle. Tout un groupe intermédiaire nous arrêtera au passage, incertain entre la tradition du Moyen-Age et le culte de l'antiquité entrevue encore mal comprise. C'est cette école de transition qui va de Le Maire de Belges et de Jehan Bouchet, solennels et compassés, jusqu'aux derniers Gaulois, Collerye, du Pontalais, Bordigné, Mellin de Saint-Gelais, et le meilleur de tous, Clément Marot. Cette école qui compte quelques hommes de mérite et un homme d'un grand talent ne fut pas sans influence sur la vraie poésie de la Renaissance française ; même par ses défauts, par son inintelligent emploi de la mythologie et par sa furie de traduction, elle ménagea l'avénement de la mythologie franche et de l'imitation intelligente. Par quelques innovations heureuses elle prépara la métrique de Ronsard. Ainsi nous avons vu les débuts du romantisme secondés par les essais timides mais utiles de cette poésie impériale qui malgré ses périphrases avait essayé de rompre avec le prosaïsme du XVIIIᵉ siècle et de recréer une langue poétique quelconque.

Ces poètes de la première moitié du XVIᵉ siècle, ces contemporains de François Iᵉʳ, dont quelques-uns moururent fort âgés, avaient donc décelé la curiosité des choses antiques et le souci de quelque progrès dans la prosodie. De là leur rôle d'intermédiaires utiles. Mais aucun, même Marot, ne trahit le soupçon d'une forme achevée et classique ; aucun surtout ne révèle l'élévation dans les idées ou la grandeur dans les sentiments, les hautes visées, l'*os magna sonaturum*. C'est à Ronsard et à la pléiade que sont réservées ces reprises de possession ; c'est Ronsard avec ses émules qui ressaisira la tradition de la grande poésie.

M. Lenient l'a dit en termes expressifs : " La poésie, qui
n'était qu'un amusement, va devenir presque un sacer-
doce „ (1). Les mètres et les rhythmes boiteux de Molinet
ne leur conviennent plus à ces rivaux d'Horace et bientôt
d'Anacréon. Ces vieilles formes poétiques ne sont plus
assez amples pour l'essor d'imaginations nourries d'hellénisme. Les novateurs vont laisser de côté la ballade, le vi-
relai, le rondeau, le chant royal pour aller droit à l'ode
antique, qu'ils ambitionnent de rendre à leur pays, jaloux
de rallumer cette " torche des hymnes „ dont parle le
poète Thébain (2). Ils le tentent non sans succès et se dé-
clarent ainsi poètes lyriques. Le nom naît avec eux, leurs
devanciers ne se disaient que rimeurs (3). " Ce n'est pas
en vain, „ dit M. Egger dans son *Hellénisme en France,*
" qu'on a ressuscité les Muses et qu'on a rouvert leur tem-
ple par le Parnasse. Sous cette inspiration un peu factice,
mais parfois religieuse, le poète semble s'élever, l'homme
de lettres devient une puissance à côté des grands de la
terre. „

Oui ! pour la première fois la France eut des poètes
lyriques, descendants légitimes des anciens. La lyre, ce
symbole visible de l'inspiration sacrée, pour la première
fois reparaît entre les mains de Ronsard. Le premier sur
cette terre de France qui n'avait connu que des rhapsodies
incohérentes ou de courtes modulations, Ronsard fit entendre le chant, le chant lyrique là où l'on n'avait jamais en-
tendu que la chanson, le chant avec ses deux noms antiques
ressuscités par le génie moderne, l'Ode et l'Hymne. Tel
hymne du poète vendomois cité par Pasquier dans ses

(1) *Revue des Cours publics,* 6 novembre 1869.
(2) Pindare, 4ᵉ Isthmique, v. 74.
(3) E. Egger, p. 349, *Hellénisme en France,* t. 1ᵉʳ.

Recherches sur la France (1), respire le souffle homérique ;
telle ode du maître rivalise Anacréon, atteint Horace. Les
voilà·donc de retour ces rhythmes sévères de la ville aux
sept collines, ces rhythmes fluides de la Grèce, les
voilà de retour, chassant devant eux les rhythmes exigus
et mesquins du Moyen-Age. Rondeaux et villanelles re-
viendront à leur heure, mais à présent qu'ils fassent place
aux chants des déesses. Qu'elles disparaissent ces rimes
de Marot et de Saint-Gelais ; le sol gaulois où s'attardaient
leurs rondes rustiques est réclamé par la danse des Nym-
phes sous le regard des Muses !

VI

Tous ces poètes de la Renaissance eussent-ils accompli ce miracle de créer chez nos aïeux l'art de la poésie
si un enthousiasme vraiment antique ne les avait animés,
soutenus, soulevés dès le début jusqu'au bout de leur car-
rière ? Oui ! tous auraient pu s'écrier comme Ronsard :

« L'honneur sans plus du vert laurier m'agrée. »

ou comme un de ses modernes successeurs :

« Pourquoi je vis ? Pour l'amour du laurier ! »

Obstinés dans leur noble entreprise, infatigables, ces poètes ont donné à la France le premier exemple d'une voca-
tion forte et soutenue, d'un dévouement sans partage au
plus divin des arts. C'est qu'ils croyaient à la poésie et

(1) L. VIII, c. 10.

qu'ils pouvaient dire de leur école ce que Rabelais disait dans la même saison :

« Qu'on fonde ici la foi profonde ! »

En cela du reste ils étaient des hommes du XVI° siècle, larges d'esprit, mais affermis dans leurs idées et d'un sérieux qu'on a peine à retrouver plus tard, sincères dans leurs passions, graves aux heures solennelles de la vie, aux heures de loisir joyeux de cette joie héroïque qui est le signe des vrais fils de la Renaissance; en toute chose puissants, énergiques et convaincus. Ce n'était pas des sceptiques à coup sûr que nos poètes de la Pléiade et ceux qui surgirent à leur appel. Catholiques ou protestants, ligueurs ou béarnais, ils s'enfermèrent dans leurs croyances comme dans une armure, lutteurs résolus, partisans imperturbables. C'étaient des hommes. Sans inconséquence, ils n'étaient pas moins fidèles à ce paganisme d'imagination qui ne faisait tort ni à Rome ni à Genève et que plus tard Gœthe vint déclarer indispensable au poète, paganisme qui n'a fait défaut ni au catholique Camoëns, ni au réformé Milton et qui n'est point comme on l'a prétendu, pas plus chez eux que chez les lyriques de la Pléiade, une convention pédantesque. Sincère et naturel, ce polythéisme des poètes réside dans un état d'illusion enchanteresse et consiste à voir distinctement l'Olympe peuplé de divinités heureuses, le Parnasse habité par les Muses, le thiase des Bacchantes, la chasse d'Artémis à travers les cimes d'Ortygie et les flèches d'or d'Apollon dans la magnificence des jours d'été.

Chrétiens de cœur, païens d'esprit, nos poètes du XVI° siècle ont compris tous les enthousiasmes, et cette intelligence multiple a décuplé leurs forces et porté leur élan jusqu'aux astres. Comment ont-ils été récompensés de ce dévouement à la poésie, de ce renoncement à tout ce qui n'était pas l'art impérissable ? Par la plus inique des réactions, par le plus absurde des décris. Pendant deux siècles leur mémoire a été vouée à l'insulte, au dédain, au silence.

Notre siècle enfin a réparé cette longue injustice. Depuis les études de MM. Philarète Chasles et Saint-Marc Girardin jusqu'aux récentes éditions que se disputent les bibliophiles (1), que de protestations en faveur de la première poésie classique qu'ait eue la France. Sainte-Beuve ! digne de cette audace, a commencé résolûment l'œuvre de pleine réparation. Un poète seul pouvait revendiquer aussi fièrement la gloire des poètes renversés de si haut. Plus tard Léon Feugère, exact et fin appréciateur, si regrettable pour ceux qui n'ont même fait que l'entrevoir, comparable aux hommes du XVIe siècle par la noblesse de son âme et la probité de son talent, a déposé dans des études approfondies de précieux documents sur notre poésie du XVIe siècle. Eugène Gandar, dont la perte récente n'a pas causé de moins poignants regrets, s'est attaché à Ronsard avec plus de passion que ses prédécesseurs ; sa thèse que je vous signale va plus loin dans l'intelligence du XVIe siècle que les travaux de Léon Feugère et de Sainte-Beuve (2). Enfin justice entière a été rendue à nos vieux maîtres dans l'ouvrage le plus accompli qu'avait inspiré le XVIe siècle, l'*Hellénisme en France* de M. Emile Egger, œuvre docte comme une histoire, captivante comme un roman, que nous recommandons principalement à ceux qui voudront sup-

(1) Voir la collection Jannet et surtout les éditions de la *Pléiade*, chez Alphonse Lemerre.

(2) *Ronsard considéré comme imitateur d'Homère et de Pindare*, (Paris, 1854).

pléer à l'insuffisance de notre cours. Nous conseillerions d'y joindre les savantes études sur le XVI° siècle de Frédéric Godefroy, les curieuses *Leçons de littérature* de M. Staaf, et l'ouvrage publié en 1869 par l'éditeur Hachette, sous ce titre : " les *Poètes français,* „ ouvrage instructif où nos pères en poésie sont jugés par des critiques consommés, érudits et parfois poètes eux-mêmes, tels que MM. Edelestand du Méril, Edouard Fournier, Louis Moland, Charles d'Héricault, de Montaiglon, Charles Asselineau, Théodore de Banville.

Ces excellentes lectures viendront en aide à nos leçons. Cependant nous prendrons à cœur d'insister patiemment sur les hommes et sur les poèmes, persuadé que si Ronsard ou Régnier ont été étudiés à fond, des poètes non moins dignes de mémoire n'ont pas été suffisamment appréciés ni poursuivis dans le détail de leur œuvre. Nous sommes d'ailleurs moins limité qu'un historien qui doit embrasser tous les genres. Nous ne traitons ici que de la poésie lyrique, éludant la satire, l'épître et les autres compositions didactiques de tout ordre qui n'ont rien de commun avec le lyrisme. Même réserve pour les poèmes épiques où nous ne serons amené que par digression. A la poésie lyrique nous rattacherons pourtant les élégies, l'épigramme, le sonnet qui doit en dépendre comme un des rhythmes les plus symétriques et l'idylle qui ne s'en détache pas, car elle suppose l'enthousiasme de la nature et l'idéal de la vie agreste et pastorale.

Puissé-je, en refeuilletant avec vous ces vieux poètes lyriques du XVI° et du XVII° siècles, vous faire apprécier non pas seulement leurs talents, mais les nobles qualités de leur âme et par-dessus tout cette vertu qu'ils ont largement déployée, leur tendresse pieuse pour la France qu'ils n'ont pas cessé de vouloir triomphante dans les guerres de..

François Ier et d'Henri II, unie et apaisée quand sévissaient les discordes civiles. Au milieu de ces luttes fratricides, presque tous ont jeté l'appel à la concorde et si, comme Malherbe ou d'Aubigné, leur préférence pour tel ou tel parti s'est accusée avec véhémence, ces emportements de la conviction n'ont jamais supprimé chez eux le désir sincère d'une paix affermie. Tous ont aimé religieusement leur pays, en enthousiastes, en poètes qu'ils étaient, bien dignes que l'un d'eux et non le moins grand ait trouvé le beau nom de patrie !

C'est cette patrie bien aimée qu'à tout moment glorifieront nos études de cette année dans les œuvres de ses plus généreux enfants. Pénétré d'admiration pour le génie national dans toutes ses énergies, j'essaierai de vous faire partager ma croyance à ses aptitudes lyriques. Puissé-je sur ce point gagner la cause de notre art en face des littératures rivales et confirmer chez mes auditeurs, par des exemples valables, cette disposition de l'esprit et du cœur que je ne crains point d'appeler le patriotisme littéraire !

DIJON, IMPRIMERIE DE F. CARRÉ.